Compagna di Stanza Dominante 2

Collezione di dominazione erotica

Erika Sanders

ERIKA SANDERS

Compagna di Stanza Dominante 2

Erika Sanders
Serie
Collezione di dominazione erotica

Sinossi

Victoria, Samantha e Cristina sono tre ragazze che occupano la stessa stanza all'università.

Un giorno, Victoria, che è una cheerleader della squadra di football del college, entra nella stanza tutta sudata e stanca per l'esercizio mentre Samantha sta studiando.

Si spoglia per fare un bagno, ma è così stanca che si rilassa per un po 'a letto.

Samantha la guarda con uno sguardo diverso da quello che fa ogni giorno.

Ma Cristina sta tornando dalla sua classe ...

Compagna di Stanza Dominante 2 è un romanzo con un forte contenuto di BDSM erotico e, a sua volta, un nuovo romanzo appartenente alla collezione di Dominazione Erotica, una serie di romanzi con un alto contenuto di BDSM romantico ed erotico.

(Tutti i personaggi hanno 18 anni o più)

Nota sull'autrice

Erika Sanders è una nota scrittrice internazionale, tradotta in più di venti lingue, che firma i suoi scritti più erotici, lontani dalla sua prosa abituale, con il suo nome da nubile.

Indice

COMPAGNA DI STANZA DOMINANTE 2
ERIKA SANDERS

CAPITOLO 1

Vicky aprì la porta della sua camera da letto e lasciò cadere la sua borsa da cheerleader sul pavimento vicino alla porta.

Fece un sospiro di sollievo: era stata una lunga pratica e l'hanno lasciata esausta.

"Ciao Samy," disse.

Samantha era seduta alla sua scrivania, sepolta nei suoi libri di testo di biologia, come sempre.

Si scostò morbidi capelli castani dal viso e si tolse gli occhiali con una mano, strofinandosi gli occhi con l'altra.

"Ciao Vicky, com'è andata la pratica?"

"Non male. Ho bisogno di una doccia però. Ho sudato così tanto."

"Ehi," disse Samantha, arricciando il naso.

Vicky si tolse le scarpe e cercò di tirarsi sopra la testa l'abito intero da cheerleader.

Le è rimasto impigliato nei capelli, ma dopo aver tirato un po 'è uscito e l'ha gettato nel cesto della biancheria.

Poi si sbottonò la coda di cavallo e lasciò cadere i suoi bei capelli biondi sulle spalle.

Si passò una mano tra i capelli, poi si allungò la schiena con entrambe le mani e cercò a tentoni la chiusura del reggiseno.

Samantha la stava ancora guardando.

"Di?" Chiese Vicky, perplessa.

"Oh niente."

"Ehi, vieni ad aiutarmi a sbottonare questo, sono un po 'stanco."

Samantha sorrise e alzò gli occhi al cielo.

"Certo, come se non fosse occupata o altro."

Tuttavia, si mise gli occhiali e si alzò, facendo cenno a Vicky di voltarsi.

Scostò i capelli di Vicky per afferrare il reggiseno.

Vicky si mise le mani sui fianchi mentre aspettava.

Stranamente, sentì Samantha prendere un respiro profondo mentre le sue agili dita lottavano per slacciarle il reggiseno.

Samantha era vicina, un po 'troppo vicina.

"Che succede?" Chiese Vicky.

"Sì, in qualche modo si è piegato. Aspetta. Capito."

I seni di Vicky si staccarono quando il suo reggiseno cadde a terra.

Lo prese con un calcio verso la base del cesto della biancheria.

Voltandosi, sorrise.

"Grazie Samy."

"Nessun problema," disse Samantha mentre tornava alla sua scrivania.

Vicky si stese e poi si avvicinò al letto nel suo angolo della stanza.

Si sedette sul bordo, indossando solo le sue mutandine di cotone bianco.

Lei sbadigliò, gli occhi chiusi, come un gattino, e si sporse in avanti, i suoi seni sfiorarono le sue braccia, le sue ginocchia strette ei suoi piedi divaricati ai lati.

Ha arricciato le dita dei piedi nei morbidi fili bianchi del finto tappeto di shearling accanto al letto.

Quello era stato un grosso acquisto per il fine settimana durante il primo anno, quando lei e Samantha erano andate in macchina in una città di mare mezz'ora a est del campus.

Avevano escogitato molte idee folli e finirono per acquistare varie cose, riempiendo la loro stanza di oggetti kitsch della metà del secolo scorso.

Samantha le aveva comprato questo grande tappeto finto shearling per scherzo perché Vicky era una vegana molto severa all'epoca (non lo era più).

Erano bei tempi: nonostante si fossero incontrati come coinquilini per il primo anno, erano diventati ottimi amici.

Presto avrebbe dovuto fare la doccia, ma Vicky era così stanca che si gettò sul letto e si lasciò cadere sui cuscini accatastati contro il muro in un angolo.

Lasciò cadere le braccia lungo i fianchi e sospirò di nuovo, chiudendo gli occhi.

Dopo un minuto, sentì i suoni agitati dalla direzione di Samantha.

La sedia si allontanò dolcemente dalla scrivania e lei poteva sentire i piedi coperti di calze di Samantha attraversare la stanza verso di lei.

Vicky aspettò qualche secondo prima di aprire gli occhi.

"Di?"

Samantha continuava a fissarla, combattuta.

"C'è qualcosa che non va?"

Lentamente ma con decisione, Samantha lasciò cadere il ginocchio sul letto di Vicky e si allungò per sdraiarsi accanto a lei, di fronte a lei, a un braccio di distanza.

Guardò profondamente negli occhi azzurri di Vicky.

Era come se Samantha stesse ascoltando qualcosa.

Vicky non sapeva come reagire, ma non si era mai sentita così nuda.

"No, va bene," iniziò Samantha, dopo un po '. Si scostò i capelli dal viso. "Vi siete mai chiesti..."

Distolse rapidamente lo sguardo, poi tornò a guardare Vicky, sostenendo il suo sguardo.

All'improvviso Samantha si chinò e la baciò sulle labbra.

CAPITOLO 2

Vicky sussultò inizialmente, ma poi cedette quando le labbra di Samy premettero saldamente contro le sue.

Sentì la lingua di Samy uscire dalle sue labbra e, sorpresa, la scosse con la propria e le loro lingue si sfiorarono brevemente.

Samantha si allontanò con un sussulto.

"Scusate..."

"Shh ..." disse Vicky, sorprendendoli entrambi quando si avvicinò alla testa di Samantha e la portò alle labbra.

Le loro bocche si chiusero di nuovo, questa volta più affamate, esplorando.

Vicky spinse la lingua nella bocca di Samy e fu contrastata con una spinta decisa verso la sua.

Samantha si avvicinò, oh molto più vicino, e accarezzò il braccio di Vicky, giù sul suo fianco, e poi di nuovo sulla sua ascella, tracciando le morbide curve di Vicky.

La sua mano finì sotto il seno destro di Vicky, e la prese delicatamente, premendo delicatamente il capezzolo tra il pollice e l'indice, sentendolo diventare più duro con il suo tocco.

Samantha sondò delicatamente la bocca di Vicky e fece scorrere la lingua sui denti piccoli e puliti di Vicky.

Quando Samantha si staccò, Vicky si morse delicatamente il labbro inferiore in ritirata prima di rilasciarlo.

Entrambi respiravano affannosamente. Samantha guardò il corpo di Vicky, poi si chinò, si abbassò, si abbassò finché la sua mano non si appoggiò sul davanti delle mutandine bianche di Vicky.

Si abbassò ancora un po'.

Vicky chiuse gli occhi e appoggiò la testa sul cuscino

("Sì," sussurrò) e Samantha lo sentì rilassarsi contro la sua mano.

Samantha si chinò sul collo esposto di Vicky e lo baciò gentilmente tre volte, fermandosi sull'ultimo bacio, tirando fuori la lingua (salata) mentre premeva sulle mutandine bagnate di Vicky.

Allargò le dita e sentì la forma della figa di Vicky attraverso il tessuto sottile delle sue mutandine di cotone.

"Uh eh," gemette Vicky.

Samantha si sporse ancora di più, continuò a baciarle il collo, facendo scivolare la mano sinistra dietro la piccola schiena arcuata di Vicky.

Con la mano destra iniziò a massaggiare su e giù, lentamente ma inesorabilmente.

L'umidità si trasformò presto in mutandine bagnate.

Alla fine, fece scivolare la mano su e giù sotto le mutandine di Vicky, le sue dita immerse nelle sue pieghe di velluto, annaspando nel suo sesso focoso, così gli occhi di Vicky si spalancarono.

Le strofinò una, due, tre volte lentamente, poi si staccò e si mise a sedere.

"Questo è stato un bene ... aspetta no!" ha detto Vicky

Samantha si portò le dita alla bocca e le fece scorrere, assaporando i succhi di Vicky.

Quando ebbe finito, si chinò in avanti e agganciò le dita ai lati delle mutandine della sua amica.

"Questi devono andare", ha detto.

Prima che Vicky potesse protestare, iniziò a rimuoverli quando si alzò dal letto.

Vicky le rilassò il sedere e sollevò le gambe, lasciando che Samantha le togliesse le mutandine.

Samantha ha intravisto il culetto perfetto di Vicky e ha visto il rosa della sua figa sotto una ciocca di capelli biondi ricci.

Si leccò le labbra, fissandolo avidamente.

Rapidamente, Samantha sbottonò i bottoni della sua camicetta e la lasciò cadere a terra.

Si sbottonò i jeans e li aprì, fermandosi, poi agganciò i pollici ai lati dei pantaloni e li tirò giù.

Si tolse i calzini azzurri e si alzò per rivelare un semplice paio di slip blu chiaro con un fiore ricamato sul davanti.

"Non posso credere che lo stiamo facendo," disse piano Vicky.

Samantha si tolse il reggiseno e se lo sfilò, poi agganciò i pollici ai lati filanti delle mutandine, se li sfilò e li spinse via con un dito del piede.

Samantha tornò strisciando al letto e poi fece oscillare le lunghe gambe sopra la testa di Vicky, indietro.

Vicky era ancora appoggiata sui cuscini e improvvisamente si ritrovò a fissare la fica di Samy, a circa un centimetro di distanza.

Il suo fiore rosa apparve debolmente e Vicky respirò profondamente il profumo fragrante di Samantha.

La sua figa era assolutamente rasata.

"Ora so perché passi così tanto tempo in bagno il sabato mattina!" lei rise.

Le risatine di Vicky furono interrotte da un sussulto, mentre Samantha faceva scorrere la lingua sul clitoride di Vicky e poi la abbassava delicatamente nel suo buco rosa bagnato.

Si ritirò rapidamente e rise di gioia, appoggiandosi a un braccio per spazzolare via i morbidi e lussuosi capelli castani dal viso.

Scese di nuovo, strofinando il riccio biondo di peli pubici di Vicky sul naso, prendendo un respiro profondo e sorridendo.

Sentiva l'alito caldo di Vicky sulla sua figa nuda.

Vicky raggiunse le cosce di Samantha e le afferrò il sedere con entrambi i palmi.

Alzando leggermente la testa in avanti, aprì la bocca e coprì tutta la figa di Samy, lasciando che la sua lingua e la sua saliva scivolassero su tutta l'area.

Samantha premette più forte il naso contro i peli pubici di Vicky e aprì la bocca in silenziosa estasi.

Le dita dei piedi si tesero involontariamente sui cuscini ai lati della testa di Vicky, mentre Vicky chiudeva gli occhi e le massaggiava la fica con movimenti bagnati e ritmici della bocca.

Samantha si allungò intorno alle gambe di Vicky e sotto il suo sedere, e usando la punta delle dita, aprì delicatamente le labbra di Vicky finché non vide l'umidità rosa calda della sua vagina interna.

Lasciandosi ricadere i capelli intorno alla testa e accarezzando la pelle di Vicky, si tuffò prima con la lingua e iniziò a leccare profondamente.

Oh, aveva un sapore forte per il sudore del suo allenamento, dolce e muschiato.

Ha leccato su e giù con la lingua.

Vicky si irrigidì contro il viso di Samy e indietreggiò.

Istintivamente, sollevò le gambe in aria e piegò le ginocchia, dando a Samantha un accesso più profondo.

Ha afferrato saldamente il culo di Samantha e ha spinto il viso contro la sua figa con vigore e varietà.

Presto caddero in un ritmo: Samy premeva le sue labbra su Vicky mentre Vicky sporgeva la testa in avanti, poi Samantha premeva delicatamente la sua figa contro le labbra di Vicky mentre si sdraiava sul cuscino.

I loro corpi, oscillando lentamente da una parte all'altra, presto svanirono in ondate cieche e incandescenti di piacere apparentemente senza fine.

La stanza era svuotata di tutto tranne i suoni ovattati della lingua calda nella figa bagnata.

Vicky lo sentì per prima, un lento irrigidirsi nello stomaco.

Ma il calore si diffuse come una lenta inondazione attraverso il suo corpo.

Gemette mentre premeva la lingua nelle pieghe della figa di Samy.

Samantha sentì il gemito di Vicky come un piccolo vibratore contro il suo tenero clitoride.

Chiuse gli occhi quando sentì che stava cominciando a spingersi al limite.

Il suo ritmo è aumentato, leggermente, perché era abbastanza.

Potevano assaggiare quello che doveva venire.

Leccando, succhiando, premendo le loro labbra e la lingua sempre più forte, sentirono la marea crescente l'una contro l'altra mentre le loro onde di piacere si avvicinavano sempre di più, e sempre di più ...

E poi, oh, stava accadendo, e sono venuti, sono venuti in modo così bello e meraviglioso.

Vicky sentì il sesso bollente del suo partner scorrere dalle sue labbra e dal mento.

Samantha poteva assaporare un sapore diverso, più caldo e un po 'aspro, nel profondo della figa di Vicky.

E sentire gli spasmi ancora e ancora e il piacere li travolgeva come una cascata, e sembrava che non sarebbe mai finita.

E poi lentamente, delicatamente, si placò, e si leccarono in silenzio, e poi Samantha rotolò su un fianco, raggomitolata, esausta, per ora.

Vicky guardò il soffitto, portandosi il dorso della mano sul viso, asciugandosi l'umidità dalla bocca, respirando profondamente.

Oh amore mio.

Il sole filtrava dalle finestre e ogni cosa nella stanza sembrava di un colore diverso: tutto era cambiato all'improvviso, preoccupante ma anche delizioso.

Mormorando di soddisfazione, Vicky superò Samantha, sempre a faccia in giù, e la accarezzò.

Samantha sollevò la gamba in modo che Vicky potesse appoggiare la testa sulla parte interna della coscia e appoggiò la testa sulla coscia di Vicky allo stesso modo.

Vicky aggirò Samantha e l'abbracciò forte.

"Ti amo Samantha," disse.

Flap di gioia riempirono il petto di Samantha.

Aveva aspettato così tanto per sentire quelle parole, e ora erano finalmente arrivate.

Presto si sistemarono per leccarsi di nuovo con calma i succhi dell'altro, languendo nel comfort del loro lato sessantanove.

E la porta si aprì.

E tra le gambe di Vicky, Samantha vide, in piedi sulla soglia, a bocca aperta per lo stupore, la sua terza compagna di stanza: Cristina.

Oh no.

La dolce e innocente Cristina, lì in piedi con il suo zaino di pelle sulla schiena, con quei lunghi capelli rossi selvaggi che le cadevano sulle spalle.

Con una mano sulla maniglia.

"Mi ... mi dispiace davvero," fu tutto quello che riuscì a dire, prima di lasciare la stanza e chiudere frettolosamente la porta.

CAPITOLO 3

Cristina era in piedi nel corridoio, stringendo con una mano lo stipite della porta, contro il muro, e respirando affannosamente.

Cosa aveva appena visto?

Non poteva crederci: due mesi vissuti con loro e non aveva sospettato nulla.

Aveva avuto delle riserve sull'essere una matricola assegnata a una stanza con due studenti del secondo anno che si conoscevano già, ma non aveva idea che sarebbero arrivati a questo.

Non aveva idea che fossero ... erano ...

Cosa dovrebbe fare?

Doveva trasferirsi, doveva chiedere un trasferimento.

Non c'era modo che si sentisse a suo agio sapendo che i suoi coinquilini erano amanti.

Era troppo strano e, più di quanto avesse temuto, sarebbero sempre stati due contro uno.

Ma poi ... cosa aveva appena visto?

Non poteva, ci provò, ma non riuscì a togliersi l'immagine dalla mente.

È stato molto, molto.

Erano sdraiati lì sul letto di Vicky, completamente scoperti, nudi e ... intrecciati.

Solo un goffo groviglio carnoso di morbida pelliccia e gambe lunghe e sottili.

Si erano ... mangiati a vicenda.

Volti sepolti tra le gambe.

E Samantha l'aveva vista, la stava guardando direttamente con quei grandi occhi marroni che si spalancavano per la sorpresa, la lingua che ancora usciva dall'inguine di Vicky, che era così ... rosa.

E il culo di Vicky era così ben fatto e si muoveva comodamente.

No no no.

La bocca di Cristina era secca e deglutì.

Perché questi pensieri gli scorrevano per la testa?

È vero che si era sentita sola.

I ragazzi gli prestavano sicuramente molta attenzione, ma il suo bell'aspetto aveva tenuto molte ragazze in disparte e in disparte.

E si era sempre sentita esclusa dai suoi due coinquilini, che erano certamente abbastanza gentili, abbastanza amichevoli, ma avevano sempre condiviso qualcosa tra loro che lei non aveva.

E ora lo sapeva.

Ma forse ... non poteva.

Non poteva semplicemente entrare e affrontarli.

Sarebbe troppo.

Ma lei voleva sapere.

Voleva vedere cosa stavano facendo.

La sua mano si protese e le sue dita sottili e pallide si avvolse intorno alla maniglia.

CAPITOLO 4

Chiuse velocemente la porta dietro di sé.

Vicky e Samantha si voltarono verso di lei mentre erano nel mezzo di una conversazione.

Erano stati seduti sul bordo del letto nudi, parlando a bassa voce di quello che era appena successo.

Quando Cristina tornò nella stanza, Vicky si tirò una maglietta larga contro il petto in un debole tentativo di coprirsi i seni e iniziò ad alzarsi.

"Guarda, Cristina, ci dispiace ..."

"Non devi sentirlo. È solo che ... non lo sapevo. E sono tornato perché dovremmo parlarne."

Cristina era in piedi goffamente davanti alla porta, cercando di distogliere lo sguardo dalla vista del corpo nudo di Samantha.

Giocherellava con l'orlo della sua gonna scozzese marrone.

Vicky guardò Samantha con aria interrogativa.

"Ci hai colti in un momento imbarazzante", iniziò Samantha. "Non l'abbiamo mai fatto prima."

Cristina ci ha pensato.

"Be ', comunque, questo probabilmente sarà imbarazzante se voi due siete ... coinvolti, immagino. Posso organizzare il trasferimento in un'altra stanza o qualcosa del genere. Okay, non mi interessa."

Samantha annuì riluttante, ma Cristina non la stava ancora guardando direttamente.

Povera Cristina, pensò.

Questo è stato un vero shock per lei.

Sembrava così dolce, lì in piedi nervosamente nella sua camicetta bianca pulita e nella minigonna marrone.

Le sue gambe lunghe e snelle erano coperte da questi grandi stivali di pelle marrone che arrivavano appena sotto le sue ginocchia delicate.

Cristina spostò la punta dello stivale sinistro, girando intorno al tallone quasi, un po 'maliziosa.

Evitava ancora lo sguardo di Samantha, finché alla fine i loro occhi si incontrarono per un istante, ei suoi occhi brillarono di vergogna.

Le guance di Cristina arrossarono.

"Io ... non so perché sono tornato, dovrei tornare dopo che si sono vestiti."

"Aspetta," disse Samantha.

Si alzò e attraversò lentamente la stanza a piedi nudi, rallentando mentre si avvicinava a Cristina.

Ha pensato a mille cose possibili da dire, ma ha concluso dicendo:

"Dovresti lasciare la borsa."

Cristina se lo tolse dalla spalla senza pensare, e Samantha allungò la mano e l'aiutò ad abbassarla a terra.

Nuda e ansiosa, stava un po 'di lato, ma molto vicina, a Cristina e la guardava direttamente.

Gli occhi di Cristina vagavano selvaggiamente per la stanza, guardando ovunque tranne che a Samantha.

Il suo respiro divenne superficiale e rapido.

Infine posò lo sguardo sui seni nudi di Samy, i suoi capezzoli si indurirono in modo percettibile.

Samantha allungò una mano e sollevò il mento di Cristina.

Si chinò e Cristina chiuse gli occhi e le loro bocche erano insieme, aperte e gustose.

Cristina gemette in un misto di costernazione e piacere.

Entrambi udirono il suono sommesso di Vicky che rilasciava la maglietta che aveva stretto al suo petto.

Cristina sentì le mani di Samantha muoversi su e giù per i suoi fianchi e premere, e lei abbracciò provvisoriamente Samantha in risposta, facendo scivolare le mani lungo il lato dei suoi seni nudi, e poi giù e indietro per tenere il suo culo saldamente e completamente.

Hanno premuto i loro corpi insieme, e poi Samantha si è allontanata un po'.

Sorrise maliziosamente e iniziò a sbottonare la camicetta di Cristina.

Cristina aprì la bocca per protestare, ma all'improvviso Vicky era lì accanto a Samantha, uno sguardo serio di desiderio nei suoi occhi.

"Oh Cristina" fu tutto ciò che riuscì a sopportare, premendo appassionatamente le labbra contro le labbra sorprese ma deliziate di Cristina.

Vicky si appoggiò alla sua bocca, assaporando la dolce bocca di Cristina.

Samantha finì di sbottonare la camicetta di Cristina e le premette la schiena contro la porta.

Vicky si lasciò cadere a terra, accovacciata, finché non fu proprio davanti alla gonna di Cristina.

Premette il viso contro l'inguine e prese un respiro profondo attraverso il plaid graffiante.

Mentre Cristina guardava in basso, Samantha si allungò e afferrò le coppe del reggiseno di Cristina.

Li rifiutò in modo che entrambi i seni di Cristina fuoriuscissero.

La sua lingua toccò uno dei piccoli capezzoli rosa di Cristina, e Cristina sentì piccole scosse elettriche muoversi su e giù per la sua spina dorsale.

"Oh!"

Samantha circondò il capezzolo con le labbra e lo succhiò delicatamente, massaggiando il piccolo nodulo con la lingua.

Quindi Samantha iniziò a impastare e massaggiare entrambi i seni con le mani, applicando la sua bocca calda prima su un capezzolo, poi sull'altro ... tremando, stuzzicando, succhiando.

Vicky sollevò la parte anteriore della gonna di Cristina con una mano, rivelando le sue mutandine in stile bikini di cotone.

Con l'altra mano, spinse lentamente le sue mutandine da parte.

Le labbra della fica di Cristina erano bagnate e sporgenti leggermente, e Vicky sentì un brivido di lussuria sul collo.

Sollevò leggermente la punta della lingua e attraverso il suo clitoride, sentendo Cristina irrigidirsi contro la porta.

Si chinò con la lingua tremante e iniziò a mangiarlo sul serio.

Lasciando riposare la gonna sulla sua testa, Vicky allungò una mano dietro e sotto se stessa e iniziò a massaggiare la sua fica bagnata e fradicia.

Sentendo per la prima volta la lingua calda nella sua figa, Cristina allungò una mano libera, cercando qualcosa, qualsiasi cosa: arricciò le dita intorno alla maniglia e rapidamente divenne l'unica cosa che le impediva di crollare sul pavimento, mentre le sensazioni di Samantha che le succhiava i seni e Vicky che le mangiava la fica minacciavano di sopraffarla di estasi.

Ansimò per l'aria (dentro e fuori a ogni scarica di piacere) mentre lottava per trattenersi dal gemere.

Era successo tutto così all'improvviso e semplicemente: Cristina non avrebbe mai immaginato di poter essere così consumata dalla lussuria per le donne.

Ma eccolo qui.

Di certo aveva sperimentato fantasie fugaci nelle poche occasioni in cui aveva visto i suoi attraenti coinquilini oziare in mutande, ma niente l'aveva preparata alle sensazioni di … oh, oh, oh! Vicky frugando velocemente e tirando fuori la lingua dal buco di Cristina.

Sorridendo, Vicky voltò la testa da sotto la gonna di Cristina.

"Mmmmm … hai un sapore davvero buono, tesoro!"

Vicky ha iniziato a cercare la cerniera sulla gonna di Cristina.

Samantha baciò dal seno di Cristina al suo collo, poi allungò una mano e le sganciò il reggiseno, sfilandolo e lasciandolo cadere di lato.

Ha anche aiutato Cristina a schivare la sua camicetta a terra.

Mentre lo faceva, Vicky è riuscita a sbottonare la gonna di Cristina, e anche a farlo cadere a terra, trascinandole le mutandine gialle intorno alle caviglie.

Alzando la mano, afferrò entrambe le mani di Cristina e si alzò.

Sorrise, guardando gli occhi attoniti di Cristina, poi le gambe, ancora coperte da quegli alti stivali di pelle.

Alzò lo sguardo lentamente, assaporando le lunghe gambe di Cristina, la vita sottile e il seno perfettamente modellato.

"Divertiamoci. Cristina, sei ... fantastica."

Tenendo ancora entrambe le mani di Cristina, Vicky l'aiutò a togliersi completamente le mutandine e la spinse delicatamente nella stanza.

Finirono di nuovo accanto al letto di Vicky, e si unirono per baciarsi e toccarsi in un altro abbraccio.

Samantha si è messa alle spalle di Cristina e ha passato le mani sul suo piccolo culo inquietante.

Invece di andare a letto, Vicky mise giù Cristina e la adagiò delicatamente sul finto tappeto di pelle di pecora.

Quando Vicky la abbassò, con una mano intorno alla nuca, Cristina guardò Vicky con occhi pieni di fiducia ed entusiasmo.

Sdraiata sul tappeto, Cristina fece le fusa in segno di approvazione mentre morbide ciocche bianche la avvolgevano, solleticandole le spalle e la schiena.

Piccoli bastoncini che le accarezzano il culo e la fessura un po ', facendole stringere leggermente la figa bagnata in risposta.

Giaceva con le gambe divaricate, le ginocchia piegate, i piedi sul tappeto, con Vicky inginocchiata in mezzo a loro.

Vicky scivolò verso il basso finché non fu sui gomiti e sulle ginocchia, la testa rivolta verso la figa di Cristina.

Era leggermente diviso e le labbra erano nude, solo una piccola ciocca di capelli rossi ricci sul clitoride.

Ha fatto scivolare le mani sotto il culo di Cristina, portando il suo sesso alle labbra della sua bocca, e poi ha piantato un bacio deciso e dolcemente succhiato sul clitoride di Cristina.

Cristina espirò in modo udibile.

Vicky lo baciò di nuovo, questa volta rimase a terra, succhiando di nuovo dolcemente, dolcemente, dolcemente, poi la sua lingua scivolò fuori e sopra la figa di Cristina.

La sua bocca era aperta, inumidendolo e massaggiandolo.

Cristina inarcò la schiena e appoggiò la testa contro il tappeto, la bocca aperta e gli occhi chiusi dal piacere.

Un piccolo gemito gli sfuggì.

Samantha, in piedi di fronte a loro, non poteva più restare fuori da questa fantasia.

Era uno spettacolo bellissimo: Cristina che si contorceva sul tappeto con Vicky che la mangiava, il suo piccolo sedere ben fatto che svolazzava nell'aria.

Anche Samantha si inginocchiò dietro Vicky, e Vicky poté sentire il naso di Samantha nella sua fessura e il suo respiro caldo sulla sua piccola figa.

Samantha iniziò a leccare e scavare nelle sue pieghe, e per alcuni brevi istanti, Vicky si trovò incredibilmente all'anello centrale di una catena di lussuria lesbica.

Ha immaginato il piacere che è entrato nella sua figa, le ha sollevato il corpo e le ha fatto succhiare la bocca.

Dopo mezzo minuto, Samantha fece un passo indietro e si inginocchiò.

Si avvicinò dietro e alla sinistra di Vicky, sfiorando il suo inguine contro la curva del culo di Vicky.

Samantha allargò le natiche di Vicky con la mano destra e iniziò a massaggiarle con decisione la fica, ora con una visione completa degli effetti della sua mano sull'azione calda che si svolgeva sul pavimento di fronte a lei.

Cristina riaprì gli occhi e si appoggiò ai gomiti.

Stava guardando mentre Vicky spingeva ripetutamente la bocca contro il suo tumulo.

Vicky alzò lo sguardo, vide Cristina che la fissava sbalordita e ritrasse leggermente la bocca.

Stese la sua lunga lingua appuntita e schiuse le labbra di Cristina, provocando le pieghe con un piccolo movimento da sinistra a destra.

Cristina ha continuato a guardare, incantata, mentre la lingua bagnata e scintillante di Vicky tracciava il rosa tra le labbra della figa di Cristina, scivolando su e giù, e su e giù di nuovo lungo tutta la sua figa.

Vicky ritirò leggermente la lingua e un sottile filo di saliva e i succhi dolci di Cristina si sparsero tra la sua lingua e la figa.

Vicky fece scattare indietro la lingua, ora con la punta sul clitoride di Cristina.

Fece roteare la punta della lingua in piccoli cerchi, inviando onde d'urto attraverso il corpo di Cristina.

I piedi di Cristina scivolarono dal pavimento mentre sollevava le ginocchia, allungandosi ulteriormente per le attenzioni di Vicky.

Vicky le strinse il sedere più forte e alzò il centro di gravità di Cristina più in alto.

La sua lingua scivolò giù e intorno al piccolo foro stretto di Cristina e iniziò a ficcargli dentro la punta della lingua.

A poco a poco, la resistenza diminuì e Vicky fu in grado di lavorare lentamente una parte considerevole della sua lingua nel buco di Cristina.

Le calde e ruvide pareti vaginali della figa di Cristina afferrarono e tirarono la lingua di Vicky, ritmiche e desiderose.

Piccoli spasmi involontari scuotevano la pancia di Cristina.

"Oh. Sì. Mangiami." Cristina è stata sorpresa dalle parole che le sono sfuggite di bocca.

Entrambi stupiti dall'entusiasmo di Vicky, Samantha e Cristina si guardarono e si guardarono profondamente negli occhi.

Samantha sentì qualcosa muoversi dentro di lei mentre Cristina continuava a fissarla, la sua espressione che si induriva e sempre più sicura.

Vicky continuò a premere contro la mano di Samantha e leccò Cristina, ignara del silenzio improvviso.

Gli occhi di Cristina scintillarono e si strinsero nell'invito.

Le sue labbra si aprirono e la punta della sua linguetta bagnata tracciò lentamente il labbro superiore.

Samantha annuì comprensiva.

"Vieni qui," sussurrò Cristina.

Samantha si alzò, l'emozione le attraversò il corpo.

Si mise in punta di piedi sopra e dietro la testa di Cristina.

Samantha si inginocchiò e abbassò il viso in modo da trovarsi a faccia in giù davanti a quello di Cristina.

Cristina era in conflitto: la lingua di Vicky la faceva ballare al limite, ma allo stesso tempo cercava di trasmettere quanto amasse Samantha.

Così dolce, così allettante, pensò Samantha.

Sorridendo, Samantha la baciò: le sensazioni della superficie delle loro lingue a diretto contatto li sorprese entrambi.

Si baciarono avidi, mordendosi dolcemente le labbra e assaporandosi a vicenda.

Samantha strisciò in avanti, a faccia in giù, ei loro seni incontrarono le loro bocche, leccando e succhiando.

Cristina era deliziata dalla sensazione del capezzolo di Samantha che si induriva tra le sue labbra, mentre succhiava delicatamente uno dei suoi seni cascanti.

Strisciando ancora di più, Samantha finì in ginocchio, a cavalcioni sul petto di Cristina, all'indietro.

Si guardò alle spalle per incontrare lo sguardo attonito di Cristina.

"Siete pronti?" Ha chiesto Samantha.

"Sì," sussurrò Cristina.

Lentamente, Samantha si sedette sul viso di Cristina.

Cristina spalancò la bocca e allungò la lingua, mentre la carne morbida e tenera di Samantha la copriva delicatamente.

Facendo scivolare la lingua sul clitoride di Samantha e giù per la sua fessura, ha assaggiato la sua figa per la prima volta e ... Samantha aveva un sapore così buono!

Cristina fece un respiro profondo, il naso affondato nei recessi di Samantha, e iniziò a leccarsi ritmicamente le labbra bagnate, anch'esse bagnate di saliva.

Samantha poteva sentire la sua piccola lingua sotto di lei e chiuse gli occhi per il piacere.

Questo andava ben oltre i suoi sogni più sfrenati.

Vicky, che stava ancora leccando la fica di Cristina, si è fermata e si è messa in ginocchio, guardando lo spettacolo di fronte a lei.

Samy, i suoi occhi ancora chiusi, la sua bocca era aperta in estasi, ed i suoi eleganti capelli castano scuro erano arruffati intorno alla sua testa, arruffati dal suo amore.

Per Vicky, non era mai stata così bella.

Ed eccola lì, dondolando leggermente su e giù mentre cavalcava sul viso di Cristina.

Samantha aprì gli occhi e sorrise a Vicky, eccitata.

Vedendo che la fica di Cristina era libera, Samantha colse l'occasione e abbassò il viso, sporgendosi, per continuare da dove Vicky aveva interrotto.

Ficcò la lingua nel crack di Cristina, assaggiandolo per la prima volta, e sorseggiò i succhi che ora scorrevano copiosamente.

Vicky lasciò che si mangiassero a vicenda, per un po ', affamata e desiderosa nella sua calda sessantanove.

Le gambe di Cristina adesso erano molto alte, le ginocchia quasi all'altezza delle spalle di Samantha, mentre si avvicinava al suo corpo.

Samantha le teneva le braccia davanti alle cosce di Cristina mentre infilava la sua lingua nella sua figa, premendo contemporaneamente la sua stessa figa nella bocca maliziosa di Cristina.

"Ummm, ummm, ummm ..." ringhiarono a tempo con entrambi.

Vicky toccò la parte posteriore della testa di Samantha, facendola alzare lo sguardo dalla sua leccata.

"Ho un'idea," disse Vicky.

CAPITOLO 5

A malincuore, abbassò le gambe di Cristina e si alzò, sempre seduta sulla bocca implacabile di Cristina.

Ma aveva visto la scintilla negli occhi di Vicky e sapeva che sarebbe stato un bene.

Vicky si spostò accanto a Samantha e la baciò, assaporando i succhi di Cristina in bocca.

Poi si voltò e si mise a cavalcioni anche su Cristina, sfiorando con la schiena i seni di Samantha.

Afferrò la parte posteriore delle ginocchia di Cristina e le piegò di nuovo le gambe con gli stivali di pelle in modo da poter vedere la figa di Cristina.

In piedi, si sporse completamente, con la flessibilità di una cheerleader, appoggiando i palmi delle mani sul tappeto di pelle di pecora davanti alle spalle di Cristina.

Ha abbassato la bocca in modo che fosse proprio di fronte alla fica bagnata di Cristina e si è tuffato dentro.

Samantha si ritrovò a bocca aperta per lo stupore, fissando direttamente la fica tesa di Vicky.

Vicky era in piedi in piedi, quasi eretta, i muscoli delle sue belle gambe si tendevano e tremavano leggermente.

Samantha si tirò la parte anteriore delle ginocchia per sostenerla.

Non avendo bisogno di ulteriori suggerimenti, Samantha premette il viso contro il sesso di Vicky, completando un triangolo quasi impossibile di bocche calde su fighe bagnate e gocciolanti.

Cristina, ancora sepolta sotto Samantha, accelerò il passo.

In passato era stata molto eccitata scambiando le lingue nella sua figa.

Dal suo punto di osservazione, poteva vedere oltre la schiena liscia e liscia di Samantha, e intravide la testa di Samantha sepolta tra le natiche di Vicky.

Cristina si sentì attraversare da un caldo rossore: tutta questa scena era più calda di qualsiasi cosa avesse mai immaginato.

Cristina aveva già provato più piacere di quanto potesse sopportare, e alla fine, quando sentì la linguetta infuocata di Vicky scivolare dentro e fuori dalla sua figa e sul suo clitoride, Cristina sapeva che stava per venire e che non sarebbe stata in grado di trattenersi per più tempo...

Vicky iniziò a resistere sempre più forte contro la bocca di Samantha, fino a quando Samantha alla fine non ce la fece più.

Alzando le mani, Samantha affondò due dita da ciascuna mano nel buco di Vicky e fece scivolare la sua lingua forte contro il suo clitoride.

Quasi immediatamente, Vicky iniziò a venire.

Getti di succhi bianchi le scorrevano lungo la figa e su tutto il viso di Samantha.

Samantha ne fece cadere delle gocce nella bocca aperta.

Allo stesso tempo, ondate di orgasmo attraversarono il corpo di Cristina.

La vampata del sesso focoso le riempì tutti i sensi e si sentì avvicinare al bordo di una cascata gigante.

Il suo grido di orgasmo era soffocato contro la figa di Samy.

Vicky, a malapena consapevole di ciò che stava accadendo intorno a lei dal suo arrivo del suo orgasmo, aspettò che gli spasmi nella figa di Cristina si placassero.

Crollò in avanti, mentre le dita di Samantha scivolavano fuori dalla sua figa.

Si raggomitolò su un fianco in posizione fetale sul tappeto di pelle di pecora, sorridendo.

Era stato così sorprendente.

Samantha, ancora seduta sulla bocca di Cristina, si asciugò il succo dal viso e ricambiò il sorriso.

Faceva più caldo che mai nella sua vita e poteva sentire il formicolio rivelatore del proprio orgasmo.

Ma Cristina avrebbe dovuto lavorare per questo.

"Dai piccola, puoi farmi venire", ha detto.

Cristina accelerò il passo.

Samantha si appoggiò al viso di Cristina.

Chiuse gli occhi e si leccò le labbra mentre metteva i palmi delle mani sulla parte inferiore della schiena arcuata.

Iniziò a dondolarsi dolcemente su e giù, sembrando bilanciare finemente il suo peso sulla punta della lingua di Cristina.

Cristina, quasi finendo di riprendersi dal suo orgasmo, provò una nuova emozione all'idea di provocare un orgasmo da un'altra ragazza.

Alzò le mani e accarezzò i seni ben fatti di Samantha, facendo scorrere le dita sui suoi capezzoli duri.

Quando Samantha premette di più il viso, Cristina iniziò a mettere la lingua dentro e fuori dalla sua bocca in modo più deciso e forte.

La punta della sua lingua scivolò lungo il solco tra le labbra della fica di Samantha e contro il suo clitoride bagnato e scivoloso.

Avanti e indietro, avanti e indietro.

Samy era quasi arrivato.

Vicky guardò Samy flirtare con i bordi del suo orgasmo.

I suoi occhi rimasero chiusi e la sua bocca aperta per il piacere, le sue labbra luccicanti.

"Sto per venire ... ehm ... sto arrivando! Oh! Sì! Sto arrivando!"

Samantha gettò indietro la testa, la bocca spalancata e si perse nel climax.

Corse, corse, corse.

Caldo, sesso, lingue, ragazze che mangiano.

Il tempo si fermò quando sentì la sua essenza sopraffatta dall'estasi rovente.

Dopo quella che avrebbe potuto essere un'eternità, sentì lentamente tornare i suoi sensi.

Innanzitutto, la sensazione della lingua di Cristina che lecca i succhi in profondità nella sua figa.

Poi il suono del suo respiro affannoso, tornato alla normalità.

Infine, il profumo muschiato del sesso e le tre ragazze che si incontrano nella stanza.

Ha aperto gli occhi.

Vicky giaceva lì davanti a lei, appoggiata su un gomito, sorridendo.

Samantha si staccò dalla bocca di Cristina e strisciò in avanti su mani e ginocchia.

Baciò Vicky dolcemente, ridendo entrambi.

Si voltò e, guardando lo sguardo soddisfatto di Cristina, il suo sorriso si addolcì.

Samantha si chinò e la guardò negli occhi.

"Grazie," disse, prima di premere la bocca contro quella di Cristina, le lingue che si mescolavano, il sapore della figa di Samantha ancora sulle labbra di Cristina.

Dopo lunghi e teneri momenti, si ritirò.

Cristina la guardò con pura adorazione.

Samantha si sdraiò sul tappeto accanto a Cristina e si abbracciarono.

Vicky si avvicinò strisciando per unirsi a loro e lasciarono che i prossimi minuti passassero sotto il sole pomeridiano, baciandosi dolcemente, sussurrando parole dolci, carezzando mani, ginocchia e piedi, ridacchiando mentre immergevano casualmente le dita in quelle calde. e fighe bagnate.

Erano rilassati, bagnati e aperti, dopo essere scesi dai loro alti orgasmici, e c'era una reciproca sensazione di euforia, che si fidavano completamente l'uno dell'altro.

CAPITOLO 6

Vicky finì per accarezzare Cristina da dietro, spazzolando delicatamente i suoi capelli rossi e accarezzandole la nuca.

Samantha era dall'altra parte, inserendo Cristina tra di loro.

Una pausa di silenzio contento passò su di loro e Vicky fece scivolare la mano lungo il fianco di Cristina e iniziò ad accarezzarle il culo.

Cristina era accoccolata e Vicky sorrideva mentre le sue mani si muovevano sulle guance rotonde e formose di Cristina.

Così morbido e così tenero.

Con tre dita, Vicky le ha immerse tra le natiche di Cristina e ha iniziato a massaggiarle il sesso.

Mormorò Cristina in segno di approvazione.

Vicky infilò il dito medio e Cristina lo strinse forte.

Mordendo leggermente la spalla di Cristina, Vicky iniziò a pomparlo dentro e fuori: tirò fuori il dito in modo che solo la punta fosse dentro, poi lo spinse lentamente verso la sua nocca, poi tirò di nuovo.

"Ooooohhhh ... Allora Vicky, così."

Samantha sorrise, sdraiata su un fianco di fronte a Cristina.

Con la mano sotto la testa di Cristina, si unirono e iniziarono a baciarsi.

Le sue labbra erano salate, umide e gustose.

I suoi seni furono premuti ei suoi capezzoli si indurirono ancora una volta.

Samantha sentì il ritmo nel corpo di Cristina ricominciare mentre Vicky continuava a scoparla costantemente da dietro.

Samantha fece scivolare una delle sue mani lungo la parte anteriore del corpo di Cristina mentre si baciavano, e appoggiò la punta delle dita sulla sommità del tumulo pulsante di Cristina.

Prese il ritmo e iniziò a strofinare il clitoride di Cristina con crescente pressione.

Cristina sentì il familiare formicolio strisciarle lungo il collo e la schiena inarcarsi mentre le dita dei suoi due compagni operavano magie dentro di lei.

Poteva sentire il calore dei loro corpi premuto su entrambi i lati di lei.

I bei seni di Samantha si mossero contro i suoi, e lui immaginò Vicky dietro di lei, quella bionda graziosa e vivace con i suoi luminosi occhi azzurri e il sorriso contagioso.

Quella stessa adorabile ragazza era ora quella che si leccava il lobo dell'orecchio mentre metteva il dito dentro e fuori dal buco di Cristina piena di piacere.

Era così bagnato che ora potevo sentire il dito entrare e uscire.

Le dita di Samantha sul suo clitoride hanno anche inviato piccole scosse elettriche in tutto il corpo.

Aprì la bocca e piccoli rantoli sfuggirono quando il ritmo la raggiunse.

Il suo intero corpo iniziò a tremare mentre dolci ondate di orgasmo la inondavano, ancora e ancora e ancora.

Samantha sorrise mentre teneva il corpo tremante di Cristina.

Vicky sentì la macchia umida uscire dalla sua mano e continuò a pompare il dito dentro e fuori finché la contrazione della vagina di Cristina si attenuò.

Sospirando soddisfatta, iniziò a ritirare il dito.

"Non fermarti," ordinò Cristina, la sua voce forte e determinata.

Guardò i grandi occhi marroni di Samantha.

Samantha si voltò a guardare con aria interrogativa e l'angolo del suo sorriso si curvò in segno di comprensione.

Cristina annuì.

"Vicky, mettici dentro un altro dito," disse Samantha.

Sorpresa, Vicky fece scivolare facilmente il dito indice vicino al medio, sentendo le pareti della figa di Cristina stringersi con approvazione.

Ha iniziato a pomparli dentro e fuori di nuovo, aiutata dai succhi scivolosi di Cristina.

Samantha ha iniziato a toccare il clitoride di Cristina.

Cristina guardò Samantha stupita.

Voleva questo.

Lo voleva più di ogni altra cosa.

Voleva che Vicky si premesse contro di lei da dietro, i suoi piccoli capezzoli rosa che gli sfioravano la schiena, ringhiando con la sua graziosa vocina mentre infilava due dita nel buco umido e accogliente di Cristina.

Voleva Samantha, la bellissima Samantha, con i suoi lunghi capelli scuri, le sue lunghe ciglia sexy, il suo nasino sottile e quelle belle labbra rosse espressive.

Lucida e bagnata, la punta della sua lingua rosa sfregava contro di loro mentre si concentrava sui movimenti esperti della sua mano contro il clitoride pulsante di Cristina.

Samantha si chinò un po 'più in basso, massaggiando ancora il clitoride di Cristina, ma ora i suoi polpastrelli scivolarono contro le dita di Vicky, pompando appassionatamente nella figa di Cristina, liscia e ricoperta dei suoi succhi.

Cristina sentì le dita dei suoi amici mescolarsi freneticamente sotto di lei, spingendo, strofinando e scivolando contro il suo sesso caldo e umido, ei suoi occhi verde brillante si spalancarono.

Quando inarcò la schiena e strinse i pugni, ebbe una sensazione semi-cosciente della grandezza di ciò che stava per accadere.

Quando la sua vista iniziò a svanire, sentì i suoni caldi e umidi delle dita di Vicky che entravano e uscivano dal suo buco con un tono febbrile, mentre le dita di Samantha premevano sempre più forte contro ogni parte del suo clitoride bagnato e della sua figa.

E poi ... e poi ...

Stava arrivando.

Gettò indietro la testa, chiuse gli occhi e spalancò la bocca in un glorioso, silenzioso grido di incommensurabile estasi.

Stava arrivando.

E gonfiò il petto mentre un milione di esplosioni scuotevano il suo corpo liscio e lattiginoso.

Stava arrivando.

E ha sentito una valanga di onde calde nella sua figa e intorno alle dita di Vicky e Samy.

E la coscienza di Cristina svanì nelle ondate ondeggianti di un orgasmo senza fine.

.

FINE

43

TRADITO
ERIKA SANDERS

45

Capitolo I

Becky sentì il suono della chiave nella serratura.

Corse giù per le scale, accese la luce del corridoio e aprì la porta.

Jack era lì sotto la pioggia, con il cappuccio sopra la testa, la chiave si fermò in mano mentre i suoi occhi scuri la fissavano.

"Oh mio Dio, sei venuto" disse Becky allegramente.

Saltò in avanti e gli avvolse le braccia attorno alle spalle, abbracciandolo, sentendo la pioggia che copriva il suo cappotto infilarsi nella parte superiore dei suoi vestiti attillati.

Non le importava.

Il suo uomo era qui e questo era tutto ciò che contava.

Liberò Jack da un abbraccio effusivo e gli mise le mani bagnate sul viso.

La sua espressione seria non era cambiata.

"Cosa c'è che non va?" Ha detto.

"Dobbiamo parlare."

Becky si sentì sussultare lo stomaco, ma si fece da parte per far entrare Jack e togliersi gli stivali bagnati.

Entrò nel soggiorno, sfregandosi nervosamente le braccia mentre aspettava che Jack le desse la brutta notizia, qualunque essa fosse.

Quindi entrò nel soggiorno, sempre con un'espressione seria sul volto scarno.

"Dacci da bere, per favore", ha detto.

Becky si avvicinò al carrello dei liquori e servì due grappe.

La sua mano tremò mentre allungava uno degli occhiali e beveva rapidamente la sua.

Jack si avvicinò alla sedia con i suoi calzini piuttosto umidi.

L'immagine che ha dato in quel modo era un po 'divertente.

Avrebbe riso se non fosse stato per il momento teso.

Si sedette sul bordo del sedile, non accomodante, non togliendosi il cappotto mentre si preparava a dare la cattiva notizia.

Bevve un sorso di brandy prima di parlare.

"Sa tutto di noi", disse dopo aver preso il liquore con un ultimo sospiro.

Becky sentì le sue ginocchia indebolirsi, il suo cuore battere forte.

Un altro bicchiere di brandy è stato versato.

Si avvicinò al divano di fronte a Jack e si sedette.

"Come?" Disse dopo un altro sorso di liquido caldo.

"Ho detto."

Becky si accigliò.

"Gliel'hai detto? Per che diavolo?

"Non ce la faccio più."

Becky si alzò.

Per favore, dimmi che mi stai prendendo in giro, Jack.

Scosse la testa negandolo.

"Perché dovresti dire a tua moglie che la tradisci?"

Jack alzò gli occhi da sotto le sopracciglia folte che lo facevano sembrare un cucciolo birichino.

"Non riuscivo a vederla indifferente e calma mentre continuava a nascondere il nostro sporco segreto."

'Il nostro sporco segreto È tutto per lui? Pensò Becky.

"Beh, cosa ha detto?" Disse Becky, fingendo di non aver sentito l'ultimo commento mentre camminava da un lato all'altro della stanza.

"È disposta a darci un'altra possibilità. Se questo si ferma."

Becky smise di camminare e guardò il viso di Jack.

"Noi? Vuoi dire che tu e lei siete insieme dopo averglielo detto?"

Jack annuì.

"Mi lascerai così? Perché lo dice?"

"Lei è mia moglie."

"E io cosa ero?"

"Sai cos'era. Ti avevo detto che non avrei mai lasciato mia moglie. Questo era sempre sesso tra te e me."

'Sai cos'è stato. Passato. Era già finito nella sua mente. Come ha potuto farmi questo? '

Nonostante avesse detto che non avrebbe mai lasciato Mary, Becky pensò che potesse convincerlo che era davvero la donna di cui aveva bisogno.

E non è così?

Sembrava di no.

Jack aveva finito di bere e si alzò per andarsene.

Becky gli si avvicinò.

"Tutto qui, allora?" Disse lei, guardandolo rabbiosamente. "Lo lasceresti cadere così e te ne andresti?"

Jack sospirò mentre la allontanava per andare in fondo al corridoio.

"Becky, ho figli", disse, esasperato ora.

Oh no, non se la sarebbe cavata facilmente.

Prima tutto era complimenti e messaggi beffardi ed erotici, con molti baci alla fine per farmi deliziare.

Questo è quello che fanno tutti, per ottenere ciò che vogliono.

Poi, quando ne hanno avuto abbastanza, diventano difensivi e cercano di sbarazzarsi di te.

La vera faccia di Jack era ora mostrata.

Non era stata altro che un pezzo di carne per lui, una scopata facile.

Feccia.

Una puttana

Questo era il modo in cui gli uomini l'avevano sempre trattata. Jack non sarebbe stato diverso.

"E allora? Molte persone divorziano oggi. I bambini lo superano. Hanno ancora entrambi i genitori", disse freddamente.

"Sono bambini, Becky," scattò Jack. "Hanno bisogno di una famiglia. Sicurezza. Un papà che è sempre in giro. Non uno che si presenta alcune volte alla settimana."

Per quanto riguarda me? pensò un po 'egoisticamente.

La donna che non può avere figli.

La donna che sarà sempre e sempre permanentemente sterile, incapace di dare a un uomo una famiglia.

Il fenomeno.

Quello raro.

Quello che è buono solo per divertirsi, per scopare.

Chi la amerebbe davvero?

"Andrò a casa tua", minacciò. "Le dirò cosa abbiamo fatto. Come mi hai portato nel bosco in macchina e mi hai scopato sul sedile posteriore. Dove i suoi figli siedono tutti i giorni durante il viaggio a scuola. Come mi hai portato nello stesso ristorante in cui le hai proposto Vedi se poi cambia idea. "

Jack si voltò all'ingresso, lasciando le dita sul cappuccio che stava per sollevare sopra la sua testa.

"Non lo farai".

"Guardami."

Becky vide, per la prima volta, uno sguardo negli occhi di Jack che aveva visto in molti uomini prima.

Disgusto.

Ciò che avevano avuto tra loro, qualunque cosa fosse stata per lui, era sparito.

Sapeva che non l'avrebbe mai recuperato.

Il labbro superiore si incurvò mentre si passava il cappuccio sulla testa e si chinava per afferrare gli stivali.

Becky sentì il calore sbiadire dalla sua carne, la fredda sensazione di essere lasciato indietro.

Abbandono.

L'aveva sentito troppe volte prima.

"Non puoi lasciarmi, Jack," supplicò, sentendo il flusso familiare di lacrime che le saliva dagli occhi.

"È finita", disse bruscamente, la sua voce si arrotolò per la rabbia.

"Non farmi questo, Jack. Per favore!"

Lui annodò il laccio dello stivale e si raddrizzò, scrutandola da sotto il riparo del suo cappuccio.

"Non avvicinarti più a me o alla mia famiglia. In tal caso, chiamerò la polizia."

Alzò la mano e lasciò cadere la chiave sul pavimento.

La chiave che gli aveva dato nella speranza che potesse vederlo come la sua vera casa, dove alla fine sarebbe venuto a vivere in modo permanente.

Fu l'ultima pugnalata nel suo cuore.

Sbatté sulla porta e fece un rapido passo nel giardino.

Becky era in piedi sullo zerbino, le sue guance luccicavano di lacrime nella luce intensa del soggiorno, osservando la sua figura alta avanzare nella pioggia.

Lontano da lei.

Di nuovo alla sua famiglia.

Fuori dalla sua vita per sempre.

Capitolo II

Becky si guardò dentro il bicchiere e si sentì girare la testa.

Il whisky ha lasciato un sapore aspro e amaro sulla sua lingua.

Con le dita tremanti sul vetro, lo raccolse e lo gettò sul muro del camino.

Si scontrò con lo specchio, facendo esplodere frammenti di vetro e poi precipitò sul pavimento e sul folto tappeto.

Saltò giù dal divano e si diresse al telefono.

Le lacrime le salirono negli occhi mentre afferrava l'auricolare, ma disse che non avrebbe più pianto.

Si morse il labbro, componendo con determinazione il numero.

Dopo qualche istante, rispose una voce maschile acuta.

"Ciao?"

"Harry, questo è Becky," disse, soffocando la sua ubriachezza con un soffio.

"Becky? Gesù, perché chiami proprio adesso? Sono le due del mattino."

"Scusa. Ho solo ... ho bisogno di stare con qualcuno."

"Cosa? Proprio ora?"

"Sì."

Udì un fruscio dall'altra parte della fila, il fruscio delle sigarette di Harry che si asciugava la gola mentre si muoveva attorno al letto.

"Mi stai davvero svegliando per una scopata nel mezzo della mattina?"

Becky sentì un nodo allo stomaco alle sue parole.

E se davvero non avesse bisogno di qualcuno che si soddisfacesse?

Tuttavia, a Harry non importava.

Era solo un uomo tipico con solo una cosa in mente.

Ha fermato la tentazione di esplodere.

"Perché no? È un momento buono come un altro", disse, un po 'agitata.

"Devo essere sveglio alle sei."

"E allora? Puoi dormire domani sera. E almeno andrai a lavorare soddisfatto invece di sbadigliare."

"Sono devastato in questo momento. L'unico modo per evitare di sbadigliare al lavoro è qualche ora in più di sonno e non esercizio fisico."

Becky si pizzicò le labbra per la frustrazione e afferrò le sue sigarette che erano posizionate accanto al telefono.

Ne accese una e fece un lungo, profondo succhiare, poi si strofinò la tempia con il pollice mentre rilasciava il fumo denso.

"Farò quello che vuoi", disse, e la nicotina gli diede abbastanza forza per cercare di sedurlo.

"Il cosa?" Disse Harry.

"Ti infilo la lingua nel culo. Ti mangerò come un uomo mangia una donna."

Ci fu una pausa e sentì Harry pensare dall'altra parte.

Non molte donne erano disposte a mangiare il culo di un uomo e Harry aveva un ano particolarmente sensibile, la sua lingua aveva la capacità di far piegare e urlare tutto il suo corpo allo stesso tempo.

Tuttavia, stasera sembrava davvero stanco. Anche quello non era abbastanza per tentarlo.

"Oh Becky. Non avresti potuto chiamare un momento migliore?

"Mi metterò il guinzaglio. Ti faccio una lunga e fottuta scopata. È quello che vuoi, Harry? Uno. Lungo. Difficile. Scopata."

Harry sembrò nervoso e agitato quando rispose.

Becky sapeva che il suo cazzo era duro come una pietra sotto le coperte prima del suo esplicito e sudicio coraggio.

Ma qualunque cosa cercasse di tentarlo, sembrava che non si sarebbe mosso.

"Scusa, Becky. Devo passare. Che ne dici di venerdì sera?

Becky vide il posacenere sul tavolino e spense la sigaretta.

"Sei proprio come tutti gli uomini, vero? Pensi che scapperò quando dici. Beh, sai una cosa, Harry? Puoi fregarti. Quella è stata la tua ultima possibilità e hai rovinato tutto."

"Cosa ... Becky?"

"Ciao Harry. Dormi profondamente se puoi. Accidenti!"

Sbatté il telefono sul ricevitore.

Becky rimase seduta sul letto per un momento, con il cuore che le batteva forte, il sangue che le ribolliva, un milione di pensieri diversi che cercavano la precedenza nella sua testa.

Come hanno potuto fargli questo?

E di nuovo.

E perché ha continuato a lasciarlo fare?

Cadere ripetutamente nella stessa vecchia trappola.

Sapeva cosa avrebbero detto gli psichiatri.

Non ti dai abbastanza valore.

Come può aspettarsi di ricevere rispetto quando non rispetta nemmeno se stessa?

Bene, per loro è facile dirlo.

Vogliono sapere com'è sentirsi come una puttana che permette agli uomini di usare il suo corpo come se fosse uno straccio sporco.

Una madre che stava per scopare con i suoi fidanzati e ha lasciato la figlia sola a casa, fredda e affamata di nessuno che la desiderasse.

Una donna che l'ha convinta per anni che suo padre non l'amava.

Che li aveva abbandonati a causa sua.

Quando la verità era, era intimidito dalla sottomissione a cui era soggetto e troppo terrorizzato per tornare al suo regno di terrore.

Becky nascose il viso tra le mani e lasciò che le lacrime le inondassero i palmi delle mani.

Mi hai lasciato, papà.

Come hai potuto lasciarmi con quella cagna psicopatica?

Si sedette e si costrinse a fermare le lacrime.

La tristezza si tramutò in rabbia come la vibrazione di un interruttore.

Suo padre era un fottuto codardo.

Come tutti gli uomini.

Camminavano controllati dalle palle che oscillavano tra le loro gambe, ma non avevano il coraggio di usarle.

Solo una donna poteva farlo.

Il dolore era troppo.

Becky aveva bisogno di sesso.

Era l'unica cosa che l'avrebbe calmata.

Il sesso allevierebbe il dolore dentro di lei.

Dolore per non essere amato e per essere stato respinto, il che la faceva sentire una cagna sporca e usa e getta.

Per alcuni brevi momenti, un bacio appassionato, un desiderio lussurioso di portarla all'orgasmo e lei si sentirebbe guarita.

Tutto bene di nuovo.

Amato.

L'unico problema era che era diventata una dipendenza.

E una volta finito, dopo che gli uomini se ne andarono e tornarono con le loro mogli o la donna successiva disposta a allargare le gambe, quel luogo buio sarebbe tornato.

Fino alla prossima soluzione.

Becky non ce la fece più.

Bastava.

Questa volta qualcuno avrebbe pagato.

Capitolo III

La vendetta è dolce.

O almeno così dicono.

Becky rifletté su questo mentre si lavava i lunghi capelli neri nello specchio del comò.

Era nuda, a parte un paio di mutandine nere adornate con un fiocchetto rosso.

I suoi seni di quarantatré anni erano fermi come quelli di una donna di dieci anni più giovane.

Era uno degli aspetti positivi del non poter avere figli.

Ha mantenuto la sua figura e il suo splendido fascino per un tempo più lungo.

Mentre le setole della spazzola le scivolavano tra i capelli, provò una calma che non sentiva da anni.

Qualcosa stava finalmente generando dentro di lei.

Non sarai più una vittima.

Lei stava lottando.

Sarebbe diventata una guerriera.

Ha scelto un rossetto rosso scuro dal suo trucco e lo ha applicato con cura sulle labbra, aggiungendo un po 'di pienezza dando un millimetro in più attorno al bordo.

Il colore completava i suoi capelli scuri e la pelle olivastra, dandole un aspetto leggermente mediterraneo che non avrebbe potuto essere più lontano dalla sua eredità britannica.

Doveva ammettere che stava bene.

Potrebbe avere una voce un po 'brutta per così tante sigarette e un'infanzia fottuta, per non parlare del bere, ma sapeva come farsi vedere per fare sesso.

Aveva imparato quell'abilità da sua madre e quando si rese conto di quanto fossero difficili le ragazze del nord, aveva anche imparato a usarlo a suo vantaggio.

Le ragazze sexy avevano il potere.

Potevano controllare gli uomini con i loro corpi, il loro profumo e uno sguardo provocatorio.

Quando Becky lo prese in considerazione, si rese conto che era ciò che le aveva permesso di sopravvivere per così tanti anni.

Si alzò e andò allo specchio a figura intera.

Inclinando la testa di lato, si prese a coppa il seno.

Mise il broncio con le sue labbra appena dipinte.

Sì, sembrava abbastanza buono da mangiare qualcosa di appetitoso.

E anche per mangiarti, pensò con una risata sensuale.

Sul letto c'era un vestito rosso.

Corto.

Molto provocante

Scollatura bassa per mostrare le sue tette.

Lei gli fece scivolare i piedi nudi e lo tirò su lungo il corpo.

Guardandosi allo specchio, si voltò e lo abbottonò.

Ammira il tessuto setoso, stropicciato ai fianchi, accentuando la sua tipica forma a clessidra.

Accanto alla porta c'era una fila di scarpe col tacco alto.

Becky si avvicinò e fece scivolare i piedi in una coppia rossa.

Il colore di stasera era scarlatto.

Rosso per sangue e omicidio.

Capitolo IV

Il tassista si fermò fuori dal locale.

Becky notò che c'erano due gorilla vicino alle porte.

Pagò il tassista e uscì sulla strada illuminata dal lampione, l'aria dolce che toccava le sue spalle nude mentre la musica del club batteva sotto i suoi piedi.

Chiuse la portiera del taxi e si diresse verso l'ingresso, appoggiandosi alla spalla la tracolla della sua piccola borsa rossa.

Meeting Place era un moderno club per gentiluomini che era apparso in città un paio di anni fa.

Uomini di tutte le età sono andati lì nei loro ultimi abiti, immersi in bottiglie di lozione dopobarba, cercando di attirare le ragazze del nord che sono venute al suo profumo come cagna in calore.

Becky non ha fatto eccezione.

Ma stasera si è concentrata su un uomo in particolare.

Il posto era un alveare di attività, occupato per una notte infrasettimanale.

Un cantante si esibiva sul palco da un lato della stanza e il bar dall'altro era pieno di ragazzi più anziani curvi sui bicchieri di birra.

Uomini e donne sedevano in una vasta area piena di tavoli al centro della stanza, chiacchierando e guardando verso il palco.

Becky andò al bar e chiamò un bel giovane barista con il taglio di capelli da becco di una vedova.

"Ricky è qui stasera?" Chiese.

Il cameriere annuì. "Dietro a."

Becky le sorrise e si allontanò dal bancone, notando che gli occhi degli uomini più anziani si erano spostati dai loro drink a lei.

Si assicurò che avessero una buona vista del suo sedere mentre scompariva in un corridoio che conduceva agli uffici sul retro.

Ricky Morris era il proprietario di cinque locali notturni nella zona del Maine.

Aveva guadagnato i suoi soldi da accordi inaffidabili negli anni '90 e ha aperto la catena di club maschili che era stato un successo immediato con i ragazzi giocosi del Nord.

Era anche noto per aver lavorato con spogliarelliste e prostitute, fornendo loro clienti e tagliando i loro profitti.

Becky lo ha incontrato due anni fa al lancio di Meeting Place.

Di tutte le donne attraenti e le belle ragazze che erano lì quella notte, era stata lei ad avvicinarsi.

Forse riconosceva qualcosa di se stesso in lei, un tratto maschile che faceva appello alla sua natura ambiziosa e intraprendente.

Una donna che non si sarebbe inchinata o lusingata per i suoi soldi e il suo bell'aspetto.

Una donna che avrebbe giocato duro per ottenere ciò che voleva.

Becky bussò alla sua porta, ma non attese una risposta.

Entrando nella stanza, vide un lampo di carne e annusò l'inconfondibile profumo del sesso.

Una donna sui vent'anni giaceva sulla scrivania, i suoi seni nudi esposti attraverso un vestito che era ancora avvolto intorno alla sua vita.

Ricky la stava scopando in posizione eretta, i pantaloni neri attorno alle caviglie, il sudore che brillava sulla sua testa rasata.

Girò la testa all'interruzione.

"Fanculo." Si allontanò dalla donna e Becky vide il suo grosso cazzo, gonfio di eccitazione, scivoloso con il succo della donna.

Quando vide chi era entrato nella stanza, sospirò, si chinò e si tirò su i pantaloni.

La donna al tavolo si coprì il seno, cercando di nascondere il suo imbarazzo con una risata sensuale.

Piccola puttana, pensò Becky, camminando spudoratamente in ufficio.

Ricky si allacciò la cintura di pelle intorno alla vita quando scosse la testa perché la ragazza se ne andasse.

Continuando a coprirsi il seno, scivolò furiosamente dal tavolo, raccolse le scarpe col tacco alto e uscì in punta di piedi dalla stanza.

Ricky fece il giro della scrivania, lanciando un'occhiata a Becky, con il viso arrossato.

Prese un fazzoletto dalla tasca della camicia, si asciugò la fronte e allungò una mano in un cassetto per recuperare un portasigarette d'argento.

"A cosa devo il piacere?" Disse, aprendo la scatola e tirando fuori una sigaretta colorata.

Ne offrì uno a Becky.

Lei lo guardò mentre camminava verso la scrivania e prendeva una delle sigarette.

Era scarlatto.

"Controllare di nuovo la qualità della merce?" Disse, mettendosi la sigaretta rossa tra le labbra.

Ricky socchiuse gli occhi blu mentre accendeva la sigaretta e poi teneva l'accendino per accendere Becky.

"Qual è il tuo punto di interrompermi, venire qui senza preavviso?"

Becky prese un po 'della sigaretta accesa.

Soffiò via il fumo che strisciava verso il soffitto in un filo sottile.

"Vedo che sei stato occupato ultimamente."

Guardò il tavolo con un sorriso.

Le impronte di sudore dov'erano state le natiche della donna erano ancora presenti sulla superficie del vetro.

Ricky si sedette pesantemente.

Becky poteva quasi sentire il battito del suo cuore, il sangue continuava a pompare intorno al suo corpo dall'interruzione della sessione sessuale.

La studiò con curiosità.

"Hai finito?"

Becky scosse la testa.

"E allora? Noto qualcosa di diverso su di te."

Becky si tirò indietro i capelli e guardò il grande acquario che brillava dietro la testa di Ricky.

Grandi pesci in uno stagno molto piccolo, pensò ironicamente.

Poteva avere soldi e potere sulle donne, ma seduto lì sulla sua sedia senza idea di cosa stesse per succedere, era debole e patetico come qualsiasi altro uomo.

"Suppongo che debba essere a causa del tempo del mese", disse seccamente.

Si tolse la borsa dalla spalla e la posò con cura sulla superficie di vetro sul tavolo.

Ricky osservò i suoi movimenti con interesse.

Girò attorno alla scrivania e appoggiò i glutei sul bordo duro.

Ricky fece ruotare la sedia, si appoggiò allo schienale e la studiò.

"Non vedi l'ora di farlo", disse con attenzione.

"Quando non lo sono?", Rispose.

Ricky sorrise.

Lo adorava per lei.

Quell'appetito audace e disponibile per il sesso.

Soprattutto da una donna.

Lo ha reso duro in pochi secondi. Becky attese di vedere il suo cazzo risvegliarsi mentre muoveva il suo corpo per rivelare il suo seno.

"Sei una puttana" disse Ricky. "Niente ti ferma, vero? Neanche secondi sbadati in una cagna.

"Era solo l'antipasto. Sono il piatto principale. Il vero sesso."

Becky si sollevò il vestito sulla coscia e fece scorrere le dita tra le gambe.

Si era tolta le mutandine prima di uscire di casa, quindi aveva un facile accesso alle labbra nude tra le gambe.

Guardò Ricky e bevve un'altra boccata di sigaretta.

Il rigonfiamento che continuava a crescere nei suoi pantaloni gli diceva che avrebbe pianificato di essere dentro di lei in pochi secondi.

La sua figa si inumidì al pensiero, intensificata dalla consapevolezza che questa volta la soddisfazione sarebbe stata più dolce di qualsiasi altra.

Appoggiò le mani sulla superficie del vetro, lasciando tracce appiccicose della sua figa muschiata, e si mosse per posizionarsi direttamente di fronte a Ricky.

Mise entrambi i tacchi sulle braccia della sedia, allargando le gambe per dargli una visione completa di ciò che era tra le sue gambe.

L'eccitazione balenò negli occhi di Ricky mentre guardava in basso e vide il dolce nascosto sotto il vestitino rosso.

"Che cosa dovrei fare con quello?" Disse sardonico, alzando un sopracciglio.

Con i gomiti sul tavolo, Becky riuscì ancora a fumare mentre rispondeva con un sorriso sensuale.

Muto.

Ricky spense la propria sigaretta, schiacciandola spudoratamente sul vetro.

Respirò attraverso le sue narici, forse per avere un sapore profumato di ciò che doveva venire, immergendo le lunghe dita davanti alle sue belle labbra.

"Ti mangerò finché la tua figa non mi gocciolerà in bocca."

Becky formicolò sulla sua vulva mentre stringeva i muscoli.

Aveva sempre amato un ragazzo a cui piaceva mangiare la figa.

Ricky era felice di saturare la sua faccia nel suo succo, facendo cose con la lingua che lo avrebbero mandato altrove.

Sarebbe stato il modo più umano di andare, pensò.

Paura euforica.

Le sue grandi mani le toccarono le ginocchia e allargarono ulteriormente le gambe.

Becky lo guardò con cupo fascino, valutando l'eccitazione nei suoi occhi d'acciaio.

Si leccò le labbra scherzosamente.

Becky sorrise consapevolmente.

Quindi, prima che potesse fare qualsiasi altra cosa, la sua testa era tra le sue gambe e la sua lingua calda e bagnata si stava facendo strada dentro di lei.

La testa di Becky ricadde all'indietro mentre ansimava di piacere.

"Oh merda."

Ricky scosse la testa voracemente, leccandosi la carne appiccicosa.

Mangia, assapora, respira il suo profumo muschiato.

"Delizioso", Becky lo sentì dire con il suo profondo accento del Vermont.

Nemmeno a distanza avrebbe assaporato qualcosa di delizioso come la sua dolce vendetta, pensò.

Ricky aprì la cerniera dei pantaloni e tirò fuori il suo cazzo, strappandolo via con movimenti rapidi e duri del suo polso.

Becky si chiese brevemente se preferiva la sua figa a quella che aveva scopato pochi minuti prima.

Quindi decise che non le importava più.

Tutti gli uomini erano uguali.

Culi stupidi che abusano di puttane e succhiano le fighe. Anche se avevano la possibilità di mandarti in posti che non sapevi esistessero.

La lingua di Ricky era divina!

Becky guardò in basso e vide il cuoio capelluto lucido e rotondo alzarsi e cadere.

Questo è stato il suo momento.

Respirando profondamente, fece una pausa per un momento, poi unì le sue cosce in un rapido movimento, chiudendo il collo di Ricky tra le gambe.

Soffocò e cercò di andarsene, ma invano.

Becky prese la borsa rossa e tirò fuori un coltello.

Afferrò l'elsa con entrambe le mani e lo sollevò sopra la testa di Ricky.

Continuò a borbottare, afferrandole le cosce per aprirle.

Ma non poteva farlo.

Non riusciva a lasciarsi cadere il coltello in testa.

Ora che il momento era qui, non sembrava più una fantasia.

Sembrava un incubo.

Non era un'assassina.

Non poteva diventare qualcosa che non lo era.

L'avevano uccisa dentro e lei li disprezzava per quello, ma uccidere a sangue freddo la rese qualcos'altro.

La rendeva meno di loro.

Becky ha rilasciato la pressione delle sue cosce sulla testa di Ricky.

Uscì dalla trappola, ansimando e massaggiandosi il collo.

"Cagna pazza," urlò. "A cosa stai giocando?"

Becky aveva già nascosto la pistola nella sua borsa prima che Ricky sputasse rabbia.

"Pensavo che ti piacerebbe provare qualcosa di un po 'duro", ansimò, facendo del suo meglio per nascondere la paura nella sua voce.

Ricky allargò le gambe e si alzò in piedi.

"Non riuscivo a respirare!"

Becky armeggiò con il suo vestito e scese dal tavolo di vetro.

Mentre si alzava, notò l'espressione del dubbio negli occhi di Ricky.

"Oh andiamo," disse lei. "È stato divertente."

Riuscì a mantenere un sorriso mentre il suo cuore batteva freneticamente nel suo petto.

Ricky non disse nulla, cercando nei suoi occhi una specie di inganno.

Sarebbe stato l'unico a avere il sangue sulle mani se avesse saputo che aveva pianificato di ucciderlo.

Becky gli si avvicinò e si avvicinò alla sua faccia.

Baciò la sua guancia arrossata, lasciando il suo labbro scarlatto impresso sulla sua pelle.

"Ne ho avuto abbastanza per oggi. Starò meglio", ha detto.

Prese la borsa dal tavolo e si diresse verso la porta.

Poteva sentire gli occhi di Ricky inchiodati su di lei.

Penetrante.

Accusatorio.

"Aspetta" disse.

Becky si fermò.

Il suo cuore si bloccò.

Si voltò lentamente.

La sagoma scura di Ricky era delimitata dal bagliore luminoso dell'acqua dell'acquario mentre aspettava che parlasse.

"Vuoi i tuoi soldi", ha detto.

Becky si accigliò.

"Quali soldi?"

"Pago sempre le mie ragazze preferite."

Becky studiò i suoi occhi.

Cosa stava facendo?

"Non l'hai mai fatto prima."

"Era ora che lo facessi."

Prese un libretto degli assegni dalla scrivania.

Prese una penna dalla tasca della camicia e vi scrisse qualcosa.

Quando la sollevò per Becky, sentì il prurito al collo.

Ricky gli ha dato l'assegno.

Becky lo prese e guardò l'importo.

Quarantamila dollari.

Sbiancò e guardò incredulo incredulo Ricky.

"Per i servizi dovuti", ha detto.

Becky tornò a guardare la figura forte.

Quarantamila dollari.

Pagherebbe il suo mutuo.

Poteva prendere una macchina nuova.

Galleggia fuori.

Comprare nuovi vestiti.

Scarpe firmate.

Ricky non stava sorridendo mentre la guardava studiare l'assegno.

Lo sguardo che gli diede era preoccupante.

Becky guardò nervosamente i suoi occhi blu d'acciaio.

Sapeva che aveva cercato di ucciderlo.

Lo stava pagando.

Prendi i soldi, lasciami in pace, non venire.

Non voleva deluderlo.

Riuscì a sorridere e poi si voltò per lasciare la stanza, con la mano che tremava ancora trattenendo la sua nuova fortuna.

FINE